島嶼派

ISLE OF PIE

周天派

本書榮獲——周夢蝶詩獎——首獎

【周夢蝶詩獎・評審評語】

詩人周天派這本詩集，乍看樸實無華，不見現代詩中慣見的，繁複的長句，跨句，在我們的閱讀經驗裏，似乎就少了一番氣勢。

的確，周天派詩寫得太乾淨了，除了遣詞命意明白易懂，他的機智，幽默也有點乾，甚至乾得很，英文說 dry humor，不無讚美之意。他的詩完全不同於台灣時下的主流寫法，章法，縱使這在以黏膩，濕潤為尚的現代詩壇並不討好。

相對於其他人，他一點也不多產，但警策之作不少，既幽默又機警。其中寫景的句子尤其生動明亮極了，意象簡單，思考卻十分精要，精采，令人印象深刻。

此集堪稱洗練，節制而有深意，珠玉之篇（gems）甚多，甚耐細讀，多嚼幾遍後，原汁原味自現，是一部有人生歷練經驗的作品。

——詩人・**楊澤**——

管窺蠡測未見全局；是詩之境界，多言多錯。
詩之妙；永遠在虛無縹緲間，讀之餘味無窮，
一說就破，焚琴煮鶴死在當下。
就如戀愛，展轉反側不能成眠。
好詩讀之如中毒，永難痊癒。好詩如伏羲創的八卦
別無分號，千秋獨樹。
周天派某些小詩就給我中了毒，是詩毒，願意中，
但是詩毒難醫也！

——詩人．管管——

多年前我在東華大學創作所教現代詩研究課時，以早慧之姿出現在我面前的周天派，已然是我的詩友兼老師了，他們幾位新銳年輕詩人課堂內外給我相當多的激發。如今天派這本獲獎的處女詩集《島嶼派》氣派問世，讓我再次眼前一亮。這些詩作清晰地告示著一種嶄新、晶亮、精鍊的詩風，並且——用他〈基礎詩歌〉這首詩的標題來說——儲蓄著眾多帶給閱讀者生之氣力與體悟的養料，曼妙地成為某種可以作為我們生活基礎的詩歌／詩意手冊。從〈夢想〉（「我們走在迷人的路／竟此成為迷路的人」）這樣的迷人警句，到〈生活〉就是「生吃活人」這種耀眼、醒目的「陰影的謎語」，我們彷彿咀嚼著一塊帶著獨特海的方糖、砂糖味道，鹽味、甜味參雜的「島嶼檸檬派」——其簡稱，就是在此令我們垂涎的《島嶼派》，或周天派。

——詩人．陳黎——

《島嶼派》的作品，有的輕盈，像一口迷你水果派；有的厚實，像靜坐千年的島嶼。周天派的小詩機智幽默，每一行都是敏捷的閃電，每每直指人心，也直指笑穴。有時候他的小詩也見柔情，而當他寫得再長一些，抒情的後勁就更重凌厲。

愛情的苦甜、時間的暗傷都是他一再回頭的主題，有時候寫得輕重難分。例如小詩〈舊識〉寫重遇喜歡自己的女生，詩人感慨「以前我們甚麼都沒做／現在她已有兩個小孩」。其中既有歲月的蒼涼，也藏著真誠得近乎滑稽的抱怨：以前我們甚麼都沒做！居然甚麼都沒做！

人生得意需盡歡，讀詩大概也一樣。讓我們對號入座，迎接他在〈愛河〉的熱情邀請：「我已經跳下去了，／你怎麼還在堤岸？」

各位讀者，還不趕緊來涼快涼快？

——詩人．陳子謙——

目錄

輯一——海的孩子

輯二——我正穿過的世界

輯三——沒有甚麼是不值得討論的

輯四——所有陰影都是一道謎語

輯六——有時候，有時不候

輯七——奧義

附錄

孩子誕生了

我有那麼多孩子
每個都顯現了我的一部分

孩子　你們有些是神的孩子
而我無從確知

已在旅途上的孩子
擁有自己的形貌特徵　聲音頻率

我不曉得這些孩子會走到哪裏　經歷甚麼
哪些走在近旁　哪些善於遠行

沿途你若遇見　不妨親近他
用你的聲音呼喚他

孩子出遊了
祈願你們健康

找到各自的靈魂伴侶
活得比我長

十年

你回來找我，使我年輕了十歲

塗鴉

我們的愛情總是雨天
你在小雨傘的左邊
我在你的右邊

愛河

我已經跳下去了，
你怎麼還在堤岸？

記憶

你變瘦了
像一張薄薄的紙
把我割傷

忘年

秋天的老虎俯臥
我們的肩膀閃閃發亮

輯一

海的孩子

基礎詩歌

1

天空放牧著流浪
放牧著一座座
懸浮之島的自動書寫
捏弄某種隱語

而不朽，亙古的
不朽，即是惟一的
荒謬的風格

懸浮之島放牧著
放牧著慵懶的憂傷

而無或有的揀擇
是接近記憶的那種
有或無的藍色嗎

「那仍是適合墜落或滑倒的輕柔」

2

一根竹蜻蜓插在心中
堅定地

遠颺

抵達我不斷進入
又不斷逝去的世界

3

那是世上最古老的罌粟花田，民謠留下了
她的傳說：比迷人更迷人，比憂傷更憂傷

暴怒祇是他的外衣，因為他害怕，害怕他
的溫柔太犀銳，劃破了長夜，腥色的銀河

噢。她的肚臍剛剛好，放一顆幼嫩的葡萄

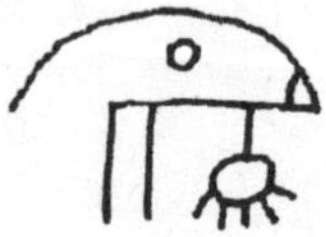

風景

在你的房間
下起黑雨的時候
偶爾會有白色的烏鴉
肉色的斑馬經過
最美麗的風景
是一名少女
在斜雨過境之前
仍端坐如火
靜靜等待
被一口氣吹熄

事情常是這樣

黃昏時肚子餓
走到巷口買紅豆餅
坐在草地上吃
暖呼呼的　懷念

尚未模糊冷卻前
情人的臉　於是
拿起缺口的紅豆餅
擋住落日　想著情人老了

也許不該再愛
不該多買他喜歡的蘿蔔絲口味
愛所剩無幾　不再相互蓋被
也不再嫉妒　關懷

而事情常是這樣
還是趁熱吃吧
趁天氣還沒轉涼

每一座城都有過去戀人的身影

作為過往的風景
我們的愛情
該有甚麼樣的表情？

下雨的時候總被迫
把你的手指，眼睛
耳窩，雙脣，鎖骨
氣味，聲音……
與記憶一起淘洗

「在所有逢場作戲的快樂裏
我喜歡私奔和我自己」

作為離去的戀人
我時常慾望你
在不在慾望著我

年過三十
這誠實隱約有種
墮落的美

沒有了愛的戀人留下身影
於每座抵達與未抵達的城
你終究是這個世界

無所不在
無情的神

倘若

我感覺你眼裏盛載很高很高的眺望
而那很遠很遠的方向不是我

有時候我會看見你剝落嘴唇
如橘子一瓣瓣甜膩而悅耳的
謊言黏上我的衣裳，吮吸
愛情的齧痕，且沒有人
及時喊痛

你吐出如煙的蝸牛
貧血肉色的觸角頂住
兩座太陽，踽踽於
語言的沙漠

在星裔踱步的廣場落款為
甲骨文：女部
胴體優美

你的乳暈有我
鏤刻精巧圓滿的
愛的咒文

在每個漲潮的夜晚
亢奮，縈繞成花魂
靜靜地窺讀……

倘若，那很遠很遠的夏天不是我
很深很深的眺望又是甚麼

悖論

當我走向你
終究走向你的背面
——世界由裂解構成完整——
我們用各自的幸福
創造共同的不幸

舊識

愛過我的女生
新年跟我見了面
她說：要再生

以前我們甚麼都沒做
現在她已有兩個小孩

狗日子

泥葉吐出蘋果
熟夏檸檬了鼻
你掘爛我拾辭的手
浪歌如昨

鳥灌溉風
貓泳著火
我們捲起整山的路
用眼燒雪

蘋果眼

夏是酸的
檸檬還在野春爽
貓在紅海衝浪
燒著辭的葉瓣
聽火唱

花狗不在肩上種愛
眼裏蘋果菸了

我聽見果實

果實成熟的聲音
是你在笑

你歡朗地笑
輕易喚來了春天

我伸手採摘
誘發創世的果肉

生命的醇甜
立刻充滿血脈

海來了，愛情還會遠嗎

把我的愛情給你
在芹壁的海
聽山海喜歡的歌
做幾道舒心的菜
倘若天晴我們
打開窗戶掃掃廳房
摘石蓮於牆上造景
任時光漫浪悠轉
如梅花鹿嚼食桑葉
哭泣時湧現藍眼淚
在烽火消散的坑道
讓海洋擁吻歲月
倘若起霧
我們朦朧地活
一分一秒地過
把你的愛情給我
在芹壁的海

週六下午

雨後，空氣微涼。

我們走在鵝卵石步道
看蝸牛散步，落葉靜躺
於濕亮的圓石上
你輕勾我的手

一如往常。雨經過
那是適合抽菸的天氣
你說，但你沒有

雨後的下午
我喜歡你吻我
沒有菸味
我喜歡你說：

「薄霧的哀愁……」

沒有說而空氣告訴我的
都落在髮上化為薄霧

這樣的天氣
我喜歡吻你而你也喜歡吻我

這樣的下午
我喜歡你是溫柔的

一切是乾淨的

觀看愛情的十三種方式

1

假如生活欺騙了你
讓我們喊酢漿草萬歲！

2

關切是讚
而有時
關切
是
不讚

3

戀人的手像一對素鵝

4

把你的親親加點鹽
醃起來，風乾
老的時候，哈啾！

5

愛情太短，

6

情婦等你在雨中
如一棵開花的樹

7

我揮一揮蝴蝶袖
抽刀斷水水更流

8

在沒有詩歌的年代裏
我祇想做一名大眾情人

9

執子之手：
噢，你也在這裏嗎？

10

想念是會呼吸的洞。

11

世上最遙遠的距離
是我寫情詩給你
而你想著樂透上億

12

墳墓是愛情的婚姻

13

(つ´▽`)つ

海的孩子

你枕在我的手睡著
勻稱的呼吸使我以為
我的手是你的海洋
我抱住你將睡了
且想起如今
我們是整座洋
是海的孩子
而你是我的妻了

夢想／

我們走在迷人的路
竟此成為迷路的人

詩人

在修辭家面前，小孩是詩人

二律背反

書架上兩百本詩集
將近一半是詩人寫的

離騷

滿街女子春光裏
揮灑烈愛晾腋毛

隔壁的詩人屋宅
充滿曠野的味道

懷舊

離鄉時我背走一口井
你試圖輕淡地說
帶有古典的幽默

貓城河畔

男人彈奏自己
一座自製木吉他
一瞬通電的大河灣

輯二

我正穿過的世界

島嶼生活

1

窗外開始下雨
鐵灰色的虛線繫著
一把椅子在空中飛

2

練習穿上別人的雨衣
倉皇逃去
既不透明亦不不透明

3

天空的雲是揉皺的衛生紙，睥睨著
舉國上下的大便不斷被稀釋潰解
留下充滿不潔的戲劇張力

4

自虐者正在追逐刀鋒
像迴力標砍斲
憤怒者緊咬著的鐵鏽蛋，磊磊不休

5

一片片安那其的脣
印在自行取悅的文宣上
投遞至很輕很輕的島嶼

6

時間是一條蛇
從下午三點半開始蛻皮
四點以後連梅杜莎都失去了隱喻

7

在河邊想自己的故事
哭累了病就好了
故事是鬼魂，要很很努力才能不記住

8

失聲的喇叭花
色盲者，青綠色煙篆
終於結痂的黎明

9

把夢一再翻摺，翻
摺成一朵像蓮霧的
玫瑰

10
啞巴不是啞巴
祇是手榴彈霉壞在喉嚨
在舞台上他比一把槍還悍！

11
把黑色的男人埋在土裏
把鉛色的女人埋在土裏
讓墳墓猥褻墳墓

12
一些洞穴已死
另一些還活著
廢墟中狗苟黯亮

13

送一只風箏給鯨魚
讓憂鬱的人練習跳水
這是天空看過最好的風景

14

浸在海浪的腳底長出一萬萬束影子
把世界拉扯至恐懼盡頭
晚安，晚安，晚安……
「好久不見，無可救藥的孤獨」

我正穿過的世界

蒐集不同顏色的逃亡
在有煙飄著的荒漠點燃
隨風編列為流雲

凝聽海浪翻譯
走失的夢，蔓衍出
一波波洶湧的命題
拔不掉軟木塞
復於黑洞不斷旋迴

臨睡前，壓一朵野花在胸膛
竟不管明天會不會
被自己的夢熱醒在
病句浪遊的床

逆光

我把床鋪摺疊整齊。

氣候晴暖，天空
與大地一切秩序井然
沒有人知道，勾懸
在樹杈上的陽光
何時會神經質地刺向
幽閉的窗戶，固守
其堅毅　透亮的本質

（世界維持理性與靜穆）

窗內——
形影逆光存在。沉默的身體
如一座等待爆發的海底火山

沿途

山路有光，緩緩
收束。雨滴
在誰的背影摹寫
被省略的那些

那是十月。
沿途有些事物
誕生；有人剛剛
離去，歸來。

山路有光，緩緩
收束。雨滴
在誰的背影摹寫
被省略的那些

……月蝕，漲潮
沿途有些事物
誕生；有人剛剛
離去，歸來。

日曬

自海面拾得
失落的魂靈
晾於窗前

今晨陽光
稀微瀏亮——
我已不是透明的人

經過

有些人看到落葉
就會聽見漣漪
蕩開的聲音

如同某些事物經過
何止是個隱喻？

有些人看到漣漪
也會聽見落葉
漂流的聲音

沙發

有些往事就像沙發
明知傷身
仍深陷其中

有些往事就像沙發
擺著擺著
缺個稱意茶几

有些往事就像沙發
潮濕霉爛
暗自落漆

有些往事就像沙發
整體格局問題
偏怪水逆

有些往事就像沙發
霸道寡情
不易拋棄

有些往事就像沙發
一提起
即遭搶佔入席

有些往事就像沙發
刺骨虐心
純天然真皮

有些往事就像沙發
有些沙發一如往事

變態彌勒

近日加勒比海
眼前所見盡是
煙霾，煙霾

想像下班後
一座自己的海

然而電梯上升
上升——驟降
推我至市囂下海

途中碰見
一位胖虎身材
刈包肉質的小孩
往空中奮力擲出
他的成長迴力鏢
因而感覺

我似乎可以
把自己接住了。

似乎就懂得
昨天了

想了一整夜的心事
終究無解。清晨
打開電視，氣象主播說：

「每座颱風都是獨立的
它們的路徑不一樣
所引發的各不相同」

刷牙的時候，我反覆
思索颱風的問題……

俯瞰渦流順時針
流向未知的地方

太陽不知何時
從晨曦中升起

似乎一切都懂得了

獨處

有些人
喜愛獨處

有些人
喜愛熱鬧

有些人
喜愛獨處的熱鬧

有些人
喜愛熱鬧的獨處

我偏愛見好就收
睡得晚還能曬曬太陽

牧神

把太陽揣在懷裏的男子
舉足邁步，大地鎔鑄
火焰流沙

他的昂進盈滿月亮
誘引潮汐一陣陣
不安暴漲

把太陽揣在懷裏的男子暗中
勘探月出祕境，惟有那裏
那裏眾神歡狂奔迎黎明

日月升落，寰宇運行……

驕奢的太陽自內裏肆溢
鋒芒，盈月映顯天體之微暖
曖曖內含光

月落餘光輕灑幽叢
潮汐低吟碎浪泛響
靜美的花叢男子酣吻
大地撫慰憂傷的牧神

懷疑

那些在市場宰殺的肉販
那些灌溉田園的農民
那些熾陽下揮汗的勞工
那些倚坐廊前縫織的婦女
那些夜晚趕路
痛失孩子或父母的人

——詩能帶給他們甚麼？

骨肉分離和血水的餘溫
排泄物循環為有機農肥
地基上排列緻密的磚瓦
穿過針線的言語表達
暗夜樓宇間閃現星星
垂懸天邊久遠披照的光

——詩能撫慰人們甚麼？

相信

冷漠的人
遇見善良的人

褪下衣裳
在井裏洗澡

陽光和暖
擦洗兩人身體

澄淨而歡快的
水花飛起

寫作

1

體內的孩子生性
孤獨，善於質疑
但對揀選的信仰虔誠
某些時刻我們被帶領
去發現一座路燈下
立於空中的神

2

透明的孩子奔跑
影子追趕並時而取代
太陽搖撼他們
而夜企圖疊合

3

輝煌的時代已經過去
輝煌的時代何時再來
世界的礦工繼續
在深處孤獨地
挖掘甚麼

如果在路上……

如果帶著一本詩集
上路，抵達——
下一站即是我
欲前往的所在
如果途經的所有
樹叢，景色，光影
一如瀏覽生命
所有開展與隱蔽
如果在路上，……
……待完成的詩句
如此我願意
願意守候——

守候著始終
在路上的那本詩集

歲月的友善

畢業後再次見面
你說了許多投稿失敗的經驗
無盡的等待與挫敗
讓青春像殘酷的荒原
祇有四月例外，四月
春天迎來一位長髮女孩
你們展開前所未有的熱戀

你說不再甘於當文藝青年
要跟女孩去尼泊爾登山
計劃籌拍公路電影
提醒我注意作詩的押韻
有空運動，多練習簽名

我望著你說話的神態
嚮往你旅行過的地方
想像歲月在我們之間
走過時留下的變與不變

你的幽默一如既往
詩作不曾發表於副刊
自嘲體質不適合傷感
不懂得駕馭漂亮的意象
閱讀不少宗教與哲學書籍
寫出充滿風格的詩句
其中之一我還記得
你用毛筆書寫，貼於牆上

「若你呼喚那山
而山不來
那就開車去吧」

臨走前你送我一本自製詩集
說下次見面也不知何時
我是讀過最多作品的朋友
過往的日子需要有人記取

我們在路口道別，望著你
消失於人群，我忽然覺得
熟悉而漸漸遠去的背影
讓人理解更多

我還在找工作
還在思索如何創作
如何維持生活
也曾想過放下筆
三十而立等等的問題

有時候一個人走在路上
也會懷想歲月的友善

六月，未完

我喜歡三輪車
多於捷運
我喜歡渡輪
多於飛艇

我喜歡熱氣球
多於直升機

我喜歡火車
多於柴可夫斯基
我喜歡絕版詩集
多於再版的情意
我喜歡喜歡這件事
多於道別時漂亮的結語

如此

人生如泥，終究我們
時而流水時而石頭地
活著

圓夢

稜角分明的夢
成年後胖得圓鼓鼓

大家都說好可愛
卻不覺悲從中來

經痛

誦經超渡生靈的悲痛

動物感傷

攤開自己自暴自棄的貝類

客觀意識

斑馬行走在斑馬線上

在一座沒有魂的城市

我祇想坐在
非人造風景中
安安靜靜地
圓寂一碗雲吞

輯三

沒有甚麼是不值得討論的

沒有甚麼是值得討論的

1

沒有甚麼是值得討論的
親友的近況
垃圾車與古典音樂
異地工作居留權
海灣的築堤造地工程
世界性傳染病，搶搭
史上最快的列車通往
平行世界的無數可能
出版比聖經暢銷的科普小說

2

總是趕不及
瞬息萬變的時間
看著摩天大樓崩塌
偶像於特殊節日自殺

一場天災使股市暴跌
離奇的亂倫事件
人民暴動引發政變——
小心腸胃炎，接下來為您報導
最高，最長，最大的世界紀錄
充滿浪漫色彩的革命人物
情趣蛋糕，戀人身上的地圖
派出艦隊攻佔南極，北極
在月球遍插國旗
太陽系從此由我們命名
口感鮮奇的無國界料理
為日常生活豐盛佐餐

3

要使用避孕藥還是結紮？
孩子是同志可以接受嗎？
房貸與腰帶皆攸關健康
夢想成為雙妻動物
又憂心僅是力不從心的愛慾兵
飲食注意少油少鹽少糖
用歲月簽署幾張契約，遭遇
變故時遴聘代理人研析條文
投下一張張尊嚴的選票
談話適時融入摩登詞語
不但情緒管理，而且終身學習
因為節能省碳，所以環保安葬
祈願雲端科技運算生命種種
不可承受之輕

4

一隻章魚，接連數日
盤據全球各地的電視機
向數十億信徒頒詔世界箴言：
「球是圓的，正如命運」
於是，末日來臨之前
人類欣然膜拜一位偉大先知

5

過往的記憶稍不小心
傷口突發感染，潰爛……
成了蜂窩性組織炎
注射抗生素，改造基因
靜待某日之神啟
河川遭受污染
冰山融解

物種滅絕
萬象充滿預兆
聖嬰失控嚎咷
終於把我們驚醒

然而仍舊沒有甚麼
是值得討論的沒有
甚麼是不被遺忘的

6

死者躺臥大地
凝望天空俯瞰
一切欲望及意義
啞然失笑

失聰

希望每日晨起
聽見的是鳥鳴
微風，樹葉移動的聲音

從早到晚盡是機器
機器、機器的運轉
巨型機器牽制其餘機器的聲響

某個禮拜天被鳥鳴驚醒
急促而熟悉，潛移疲憊夢境
——門外收破爛的失聰老者在按電鈴

醫院

「怎麼會這樣，他從來沒有跟我提起」
「有重要事情耽擱，我才剛到」
「申請書要怎麼填，才能領到最多保險金」
「別看他這樣，家家有本難唸的經」
「責任跟關心，誰說得清」
「還不是為了遺產，眼睛都還沒閉上呢」
「未婚懷孕早就不是新聞」
「房地產都被炒起來了」
「醫護人員會公平對待不同宗教的人嗎」
「還能怎樣，大小便都沒辦法自理」
「人都很現實，有事才會聯絡」
「那些護士小姐真漂亮」
「算命的說，他這幾年有個難關要過」
「我也好想生雙胞胎」
「奶粉錢，教育費，你以為很輕鬆」
「這裏祇能吃素嗎」
「每天都在選舉，這個國家有病」

「現在有錢人才可以生病」

「畢竟是血濃於水」

「他講話好幽默，聽說還單身」

「香蕉跟筍不能吃，要補充鈣質和鐵」

「剛生下來的小孩都長得好像」

「等好久，要不要打牌或下棋」

「這是流行趨勢呢，你聽過微整型嗎」

「全部都是自以為正義的恐怖分子」

「他就是這樣的人」

「幫我取消禮拜五的訂位」

「又聽到警鈴聲了」

「談甚麼多元教育，文化傳承，孩子得到甚麼」

「透過議員，今天下午才要到這張病床」

「不要穿黑色，會觸霉頭」

「是啊，我認同，但要做又談何容易」

「這種人根本就沒有家庭觀念」

「自然生態受到污染，太多食物危害健康」

「真想不到你會說這種話」

「我出去抽菸，透透氣」

「小叔叔跟他外面的女人下午有來」

「這個名字很有意思，誰取的」

「不是沒想過，但現在移民到哪個國家都一樣」

「天災人禍不斷，難怪到處都有末日預言」

「謝謝，這是今年最新的限量款」

「每天都在挖路，鋪路，沒有一條好走的」

「這時候才知道宗教信仰多重要」

「猜猜看，正面還是反面」

「久病床前無孝子」

「我早看開了，又不是沒見過大風大浪」

「她最疼他了，卻連最後一面都來不及見到」

「放心，一切會好起來的」

「不要再等了，大家都痛苦」

「看能不能撐過今晚」

「沒關係，不要勉強他」

「他們完全沒有考慮家屬的心情」
「真的，我還沒想過這個問題」
「你要跟我們一起走嗎」
「外面還在下雨，路上小心」
「現在衹能順其自然」
「保持聯絡」
「代我問候她」
「我們直接在殯儀館見吧」
「這裏安靜多了」

被共產主義

被懷孕——
我們共產了生命
被民主——
我們共產了資本
被屏蔽——
我們共產了和諧
被空運——
我們共產了天空
被坦克——
我們共產了歷史
被自殺——
我們共產了死亡

被共產——我們共產了真神

歷史作業

孩子在作業
把歷史寫成「厲史」
我審慎而凝重地
圈出他的錯誤——
筆觸太重
紅跡逐漸暈散
這樣的誤解似乎
可圈可點……
從歷史回過神後
必須給予整體評價
孩子觀點另類
表達嚴重欠佳

根據客觀與倫理
獲勉強及格的分數
打分時我非常小心
輕輕寫在作業主題旁

古典早晨

天空從不厭世
祇是靜靜地看著

無所謂豐饒
無所謂荒蕪

海洋在其中
找到自己的昇華

生活

生吃活人

挫折

企鵝滑倒在自己的雪地上

觀看雪的眼色一如我們領略神祇：日常、敬謹、繁麗……

愛斯基摩

神

那天，我和神打架，祂輸了
我活著，殘毀的世界是我的

相機

有些人帶單眼
拍攝美景
有些人帶雙眼

靜物

我想像你
如一幅靜物畫
刷筆俐落飽滿
果肉與水

輯四

所有陰影都是一道謎語

七月午後，奧維爾

我又來看你了，麥浪……
麥浪啊，麥浪
盤旋在田間的泥路
通不到彼方

麥浪啊，麥浪
你洶湧生之喜悅
彷彿向死神狂舞

麥浪，啊——
群鴉於空中窺覬
金黃的麥粒將被啄噬

麥浪啊，麥浪
遠方的烏雲瞬息
壓境，而我已無所懼
我是落地不死的麥子。

永不

1

葉子飄然落下
你是一絲不掛
憂戚的樹

2

鳴禽於身後盤桓
棲息，靜待傷痛
被摺成故事，擲向
天空——語意紛飛
以詭祕的方式
隱逝

文森・梵谷，〈麥田群鴉〉，1890

Vincent van Gogh, *Wheatfield with Crows*, 1890

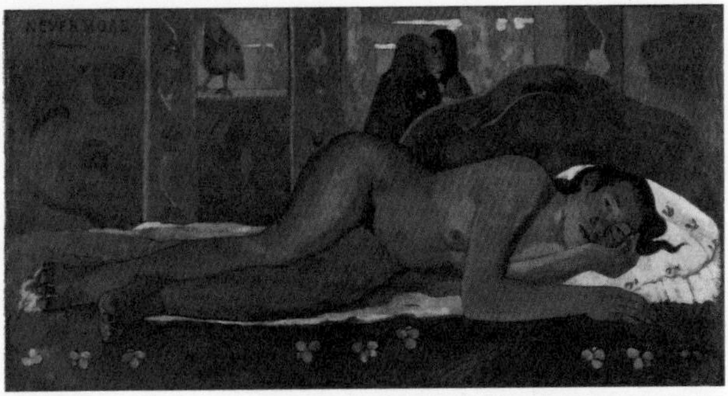

保羅・高更，〈永不〉，1897

Paul Gauguin, *Nevermore*, 1897

所有陰影都是一道謎語

下午的昏黃籠罩了廣場
所有陰影都是一道謎語
女孩的出發不是為了太陽
她的年紀還不懂憂鬱

所有陰影都是一道謎語
所有謎語都是一道難題
她的年紀還不懂憂鬱
天空的幽黯揭示甚麼祕密

所有謎語都是一道難題
廊道佈滿記憶的亡靈
天空的幽黯揭示甚麼祕密
前方的路甚麼正在趨近

廊道佈滿記憶的亡靈
光線牽引人們的步履
前方的路甚麼正在趨近
等候著的是懷疑與憂懼

光線牽引人們的步履
帶著未知獨自前往
等候著的是懷疑與憂懼
廢棄的車廂靜止於路旁

帶著未知獨自前往
女孩的出發不是為了太陽
廢棄的車廂靜止於路旁
下午的昏黃籠罩了廣場

喬治歐・德・基里訶，〈街道的神祕與憂鬱〉，1914
Giorgio de Chirico, *Mystery and Melancholy of a Street*, 1914

不顧一切的睡眠者

1

男子走在岔路
無意間仰起頭
從反光鏡中
發現一幽冥物
背對著蹲伏在地
用借來的光
冷靜地淘洗那片
自他體內裂解流瀉的
零落的影子

2

男子醒來後執筆
意圖摘記孕生的夢
情境似鏡裏顫晃不定的燭火
不時向自己燒灼

3

從鏡子的反射
男子瞥見坐著的椅子
變成奇詭的字母
想站起身看清楚
手臂卻黏在椅把
接著是腰和腳
男子從鏡子看見
不斷被吸附的身體
和椅子孳衍出一節節
難以辨析的字根或部首
直到最後吞噬他
句號般的眼球

4

鏡子遵循法則
默默觀看一切發生
湮滅所有潛在的暗示

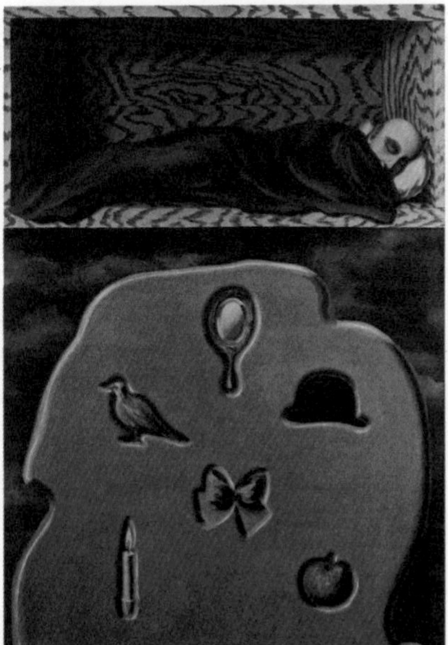

雷內·馬格利特，〈不顧一切的睡眠者〉，1927
René Magritte, *The Reckless Sleeper*, 1927

步履

縱使路途充滿泥濘
縱使酸雨腐蝕皮膚
縱使炮火焚灼身體
縱使面目全非
命運的手已伸向我
我及無數的我仍在行走
仍化為不同形體
靈魂，信念
孤絕地發出天問：
如何步履沉沉而能
烙下墾荒者的印痕

繆思

在我沉臥之地，沙漠呼吸著
古老的陶甕盛滿時間，流瀉
一悠遠寧謐的月光河，傾聽
沙礫迎往世界邊境遊吟……

美麗而好奇的獅子躡著巨步
俯視大地，探聞音律的引力

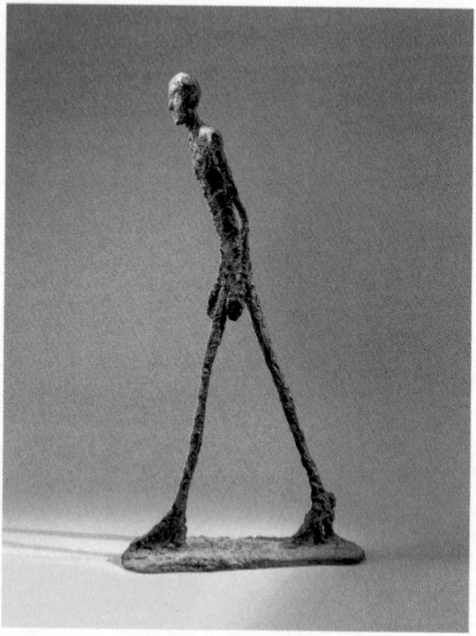

阿爾貝托・賈柯梅蒂，〈行走的人 I〉，1960
Alberto Giacometti, *Walking Man I*, 1960

亨利・盧梭，〈沉睡的吉普賽人〉，1897
Henri Rousseau, *The Sleeping Gypsy*, 1897

野獸派

腹下雲朵舒卷，
遊牧月夜草原。
雲朵黑而且羞，
姣好純色瀰漫。

致夏卡爾與蓓拉

當你說愛我
我就倒立

當你快樂
我撐開手把你舉起

我瞭解你一如
你瞭解我的所有

重要的是我們
仍擁有各自的孤獨

我們相碰就會發光
擁抱便能抗寒

我們不必流浪
到處都是自由的國度

亨利・馬蒂斯，〈舞蹈〉，1910
Henri Matisse, *Dance*, 1910

馬克・夏卡爾，〈漫步〉，1917

Marc Chagall, *The Promenade*, 1917

熬湯

歲月如此肥美
苦難是骨幹
熬過即是好湯

抉擇

此次離去是命運
還是機會？

攤開錯綜的掌紋
甚至不見鬼牌

遺忘的話

把你對我說過的話
寫在黑板上
流成模糊的河

日子

有時候我也感到深沉
像在黃昏堤岸叼著落日的人

故事

把河捲起來
河流成了鐵軌……

夜

太陽的另一種內在

輯五

似乎就懂得昨天了

偏執。

他喜歡散步，屋子裏擺滿了從溪邊，河邊，海邊等撿來的石頭。

初戀時，他送給情人最圓的那顆：「這是我見過最漂亮的石頭噢。我覺得那很像你。」他喜歡躺在情人腿上，讓情人幫他挖耳朵，捏揉耳垂，那是他覺得最溫柔的時候。情人說，他身上的氣味像嬰孩。他喜歡句號。喜歡情話。如同可以投入湖底的石子，小而安靜。失戀的下午，他數了數，發現右乳下方多了一顆淡褐色的痣，跟他的情人位置相反。他抖著手拿起水果刀，竟險些把乳頭割去。醒來後，他執意在筆記本上疾速地畫了一個又一個三角形，雙手卻不由自主地畫成了心形。而在劃破的紙上，仍依稀可辨，那一扇扇窗子裏的，一隻隻廢墟裏的眼睛。

那天開始，他似乎懂得為甚麼始終沒辦法一敲，即讓蛋黃俐落地破殼而出。

風

她經常可以感覺到風，風的溫度，氣息，情緒。

忘了從甚麼時候，她便迷戀上風。風吹拂在皮膚帶來的特殊觸感，是她從來沒有在其他物體上感受過的，她甚至以為那是一種語言，輕輕撫過她時透露絮語，從手腕開始繞過，然後在髮尾處稍作停留，離去。另一陣風跟著吹來。她的手毛比別人長，聽說比較不怕鬼，性慾也比較強。但她想，這跟她習慣晚上散步，喜歡吹風沒甚麼關係。然而，也許因為手毛長，當她完全沉浸在風的擁抱時，她以為那是更親密的關係。

曾經，颱風季節是她情緒最不安穩的時候。颱風登陸後，房子籠罩在強風的威脅，猛烈的吹襲使她極為恐懼，放聲大哭。她必須關在家裏一兩天，才敢於接觸颱風離境後的世界，因此求學階段帶來了不少困擾。日後，她花了很長的一段時間，才能慢慢接受風的暴戾性格，面對風的各種情緒。

她熟悉風的所有形狀，穿行於水管，箱子，腳踏車軸；在樹梢，湖上，靜靜移動的山嵐；有時候則在分別的人們之間，風會帶走他們原有的氣味、溫度。散步的時候她想，如果風的顏色再濃一些，就可以看見葉子篩過的風的形狀了。

在她還沒長得很高時，她喜歡拉開一隻所能找到最大的塑膠袋，在空曠的地方奔跑。她也有過想飛的念頭，在快樂還很容易取得的年紀。

她常想：有一天死了，風會把靈魂吹往哪裏？

你和C

你和C有著相同的名字，於是你以為兩個C的結合是縝密完好的，會有一種消抹邊界的愉悅，像一座湖，掠過柔順的毛邊；像一雙眼，透出未來的顏色，眨一眨就把記憶吃掉，自體內衍生草葉的指尖，輕輕滑過紙上句子的表面，如觸撫剛滿月的嬰兒肌膚。那是一個健康完整的世界，像一顆包裹欲望的捲心菜，扎實，屢取不絕。你和C，彼此誘引，豢養，繁殖。

C喜歡在玻璃水杯注入高低不一的自來水，用食指在杯口邊緣畫圈圈，趁渦狀紋旋流而出的尖音快要割出血滴前，輕巧地在另一口杯子滲入銜接適宜的聲音，漾出水的曲子，乍然停歇時，雨聲般跌落弧度優美的瓷片。盪開。

C是可以打開的，匿藏肋骨間像百葉窗簾，翻開就能看見另一種風景。C沒有性別，如一張有彈性的薄膜。C是真實的，發出自體內抽空的聲音，如從曲折的水管遠遠傳送過來。

某一天夜裏，C如常在木箱子裏入眠，一列送葬隊伍似的火蟻，鑽入C的耳窩，搬走了C和你的記憶，擾亂了所有顏色。隔日清晨，你打開箱子，發現C消失了。

於是你握住一把鏽蝕的刀，努力地在桌面刻出C的輪廓，然而變成色盲的你卻怎麼也記不清楚C的形象。不久以後，當你想要寫下或朗讀幾個C也偏好的字詞，手心就會疼。

你再也握不住的那些字，飛得既高且遠。

你以為你們之間隔了一道牆，C的那一面由鏡砌成，而你的那面是影。牆與牆之間填入可以繁殖文字的夢，以及闃暗中鏡子意識的反射。碎片的連結仍是碎片。多年以來，你不斷遇到跟C相似的人，縱使形狀、重量、速度、膚色、病徵不同，你知道他們跟C一樣，具有同樣的材質。

你開始相信C其實是另一個你。兩個C相加不會形成一個圓。兩個C相除是一個整體。

然而困惑的是，其中一個C死了，你不知道自己是否還活著。

秩序

你的心翻湧無數的浪，而必須平和或微笑著面對堅實的防波堤。你不能流竄危險的浪花，一次次衝擊得更為激越。在規範意義裏，迷人的危險事物是禁忌。

巨浪與堤防之間，意志聳立。終有一方疲憊以致摧毀，你猶是確信。

形體，會化為巨浪，或防波堤內裏。此前，你衹能重新定義浪花，浪花，以及其他無數浪花。

他們是在衝擊，沉醉，妥協，嬉戲，歎息？……

西風的話

小男孩獨自在遊樂園玩。

愈盪愈高，愈盪愈興奮……望著他快把自己完全盪飛出去的瀕危快感神情，旁觀的我絲毫不擔心孩子會受傷，由衷讚歎於那份無畏，歡悅與自由。

「西風！你都不怕嗎？」稍遠處一婦女驀然向孩子喊道。

原來他是西風啊，難怪如此勇敢。

溫煦的太陽默默下山後，我亦轉身離去。

途中憶起少時的事，踢踏踢踢踏，不覺已到家了。

回來過

紅燈，越過馬路。
有甚麼牽引著我回望。
——不停奔跑的少年。
於近旁，帶著遠地而至的氣息。
沒有停止。沒能更靠近。
我持續被人潮推進。
為漸行漸遠感到歉意。

月

月亮消隱前我仰望天際，探見她最後的身影。
彼時月色陽光般溫柔，意識間隱約透出批判。
直視她使我懺疚，寬慰，堅毅。
她道出太陽未盡訴的一切，以委婉方式。
遼夐的晨光恆久披露日常啟示。

父後

正午。
回到少兒時期的水上木屋。
撒一泡尿入海，喝一罐遺留的啤酒。
太陽似火爐，蒸騰著浪與岸。
主人已不在，我帶走幾包衣物，繼承了整座海洋。

靈魂很重的人

靈魂很重的人坐在我面前。他說，不久前發生的那件事，竟使他的靈魂重了幾克，以不可思議的速度。

他告訴我，常人以為憂傷導致靈魂增重，實則不然，輕盈的歡樂或者虛無反而加劇靈魂的重量。

靈魂重總是不太好，是吧？

他對著我們之間那層薄得透明的空氣問。

時間過得非常漫長，我忘了有否認真思考這個問題，甚至懷疑是否真的存有時間感；然而，他似乎沒有等待任何回應的意思。

我試圖說出一些甚麼，調整一下意義的發音頻率，終究不發一語。靈魂很重的人，怎會不知曉全部的想法，所有沉默的坦白。

這段經歷，不正是他囑我寫下的。

問了最後一道問題，他便消失了。

我不記得——或刻意遺忘他是怎麼離去的，正如他以及我，還有許多人的來到，始終是不解的謎。

靈魂很重的人坐在我面前。他問：

一切好嗎？

彷彿我剛逝去，又逝去很久的親人。

孤獨

企鵝第一次覺得冷
當發現自己成了棄兒

舊物

孩子大了
送給有需要的人
請自取

太陽／上帝的喉結

星星／這裏距離夜的牧場很遠，走吧
我們上山去看掛滿天空的牛鈴

隱喻

夜深了，
太陽還醒著嗎？

安慰／白晝黑夜　星星都在那裏

輯六

有時候，有時不候

這麼遠，那麼近

今日下午
站在高處邊緣

看很久很久的雲
於空中聚攏，消散

想起一件難解的事
想起遠方的故人在

天上看顧
我們的城

彷彿一件件
漸層往事

……

若有人不告而去
他始終在，祇是
在天上看你
沒有甚麼意思
於是你抬頭看雲
一會兒就是很久
很久以前的事……

往事

浪來時
後退幾步
浪去時
前進幾步
如果浪來時
可以舉步向前
我就可以越過你了

車過墓園

這麼熱的天氣
有人吃麵線
有人去墓園

這麼熱的天氣
誰把陽光輕輕掃
一張曾在的臉

天氣好
我誰也不想

天氣這麼熱
我把自己燒給你

很久沒寫詩給你了

上次寫時地球仍未誕生
於遠洋你悉心梳理我們
發明又為其所困詞語般
恆常呼吸纏繞歧義無數
細微毛茸茸的小黑洞們

很久沒寫詩給你了我
如何能不設想你和宇宙
俱逝的時空猶能分神

今天沒有甚麼不同

地面一片碎紙
隨風飄逸
我看得失神
許是葉脈
種子和土壤
光合作用等構成
一切觸及
恒河沙數之偶然
潛藏自然意志
雨霎然而降
雲層雷鳴
我走入雨追尋
消逝風中的語辭
今日和往後此前
沒有任何不同
你在天空
每一種萬幻氣象之中

時日

活在過去的人
四處蒐集雨水
任時光淋漓——
攤開，梳理
不斷
跌入河川
雲叢間流霞
鏽蝕。一再循環、
降落

活在未來的人
看得見明天的太陽
世界不知不覺
老邁且輝煌
時而相信時而
疑神——沿途
鏡片碎裂
迴聲完整

活在現在的人
敲了敲殼
吃著半熟蛋
透明故事隱現
「一切會老並且
　朽壞，消散」
思索地球與宇宙
運轉幾種時差

住在裏面的人偶爾
也想探望外面的人
何曾離開彼此——

持續演繹著參差
……時間

巨大的房間

1

我們都曾去過那個房間
牆角有一道紅色裂縫
幼鳥棲於不斷生長光影的樹
窗口繁衍無數風景
每個經過的身體都留下水痕
並對未知的事給予祝福
出於詰問或欣喜

已離開的紅色房間
持續進行海洋的儀式

2

我們穿上與自己同齡的影子
在白色房間重逢並且
向被編號註銷的事物問好
喝下時間的水
凝望白色烏鴉於窗外逡巡
為所有記憶排序

稍遠處一隻盲眼貓頭鷹
不眠等待終將到臨的人

我們每天梳頭

我們每天梳頭
那是年幼養成的
一種梳理自我的習慣

是一日之初
以及臨睡前
人類對鏡進行的儀式

有些時候則是技藝
用於面對各種
人群與場合

我們依據自己
親友或專家的看法
修剪美觀得體的風格

偶爾披頭散髮
潛藏浪遊者的梳理邏輯或主張
藝術之反常

當頭髮隨日子飄逝
不若往昔油亮奪目
則選擇變裝

浸染改造心境的色澤
使其適度捲曲或
表現柔軟

脆弱的髮絲經常
悄悄凋落
我們無法預知

有多少曾經
與生命相連的事物
每天自身體迸裂，隱祕散佚

橋

再次經過大橋，西瓜已盡被收割
怪手持續挖採砂石，河床
負擔輕了些，支撐的基座仍能
抵堵幾次洪流，野芒在風中盤據
搖曳，歎息……偶爾傳來訃聞
有人安慰：入秋總是如此
近旁一座紙漿廠，發散令人不耐的
氣味，許多語辭化為謎灰
彷彿不願面對的生活碎塊
在屋內悶燒；隱忍的雲
不知何時會滂沱降下——
沖毀溪流，沖垮連結的
大橋，以及未及返途
猶在橋上默想的人

京都初夏

鴨川順勢流徙
鷹在天空盤旋

想起歌德　孟克柔
赫拉巴爾　芥川龍之介
不復見的親友

一切熙來攘往
生命有時候
有時不候

現在我沒有傷口
也沒有榮耀了

為自己隨波逐流
而沒有羞恥感
感到可恥

疑問集

癒合的
是傷口
還是我

微笑的
是蒙娜麗莎
還是我

失眠的
是太陽
還是我

夢遊的
是夢
還是我

溫柔／

星星很餓
一直吃
宇宙的心事

蜘蛛

我們織網等候獵物
生命從此置身網羅

祕密

光著腳走
在光之上

那是生命
最純潔的祕密

生命

枯葉刮過
路面的聲響
重新召喚
曾在的一切

暗房／最後的顯影——上帝

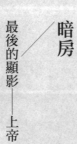

輯七

奧義

奧義

0

一件愈描繪愈奧祕的事物
至今我們仍難以命名

1

為此，人類創造神話與宗教
觀察星象——閃電——潮汐
發明太空望遠鏡——顯微鏡
對出土文字器物考古解碼
建立宇宙爆炸學說……

萬物源始——
匯聚一道詮釋巨流

2

許多命題與猜想至今難解
竭盡人類古今之想像
敘說同一事物

宇宙爆炸前的混沌狀態
生命之無中生有。網羅
於0和1之數列
無極與太極之間

塵埃。物質。魂魄
星系天體之創生及殞滅

——永不止息，無始無終

3

隨演繹趨向近義：
科學——哲學——藝術
人類偉大的發明與發現
——天堂地獄，前世來生
太初有道，大千世界……

4

更為恢偉的是——
萬物運行之軌跡與顯像

粒子。細胞。露珠
石頭。樹葉。波紋
雲霧。極光。星塵

自然生態隱含
所有神聖與魔幻

5

最高之超越。於此推翻
建立一切真實，穿梭
已知與未知時空，隨心
所至。理性無以掌握
迄今最適切之命名

——夢

6

溯源之奧祕：

第一個作夢的人
夢見甚麼？

最古老的命名語言已經亡佚。

夢是一切生靈的母語
我們分別學會一些
如何能與草木鳥獸對話

7

無人能夠洞悉
嬰孩時期的夢境
那裏存有原初的語法與意象
人類終其一生試圖還原
不可能的創作——

瀕死前得以回溯
用靈魂的速度

8

我們猶是兩千多年前
夢蝶的那個人
作夢的那隻蝶

一生當中幾次懷疑
是否處於夢中，幾次
置身全新的境遇
似曾相識

9

人類錄製眾多語言
一遍又一遍播放於
浩渺無際的外太空
祇為向未知的對象
傳達一聲：

「你好。」

10

呼吸的薄膜包覆
無可計量之星系團
——卵形。

引力世界的生物
仰望天際的恆河
卵形傾透出光，閃爍
薄膜一張一翕，呼吸

那不斷張翕的是
——所有生物的夢境。

經驗

孤獨的先知
行走於道

途經
海與山脈

浪承載著時光
承載著過去的山脈

山是起伏著的浪

誰能洞悉
蜿蜒　澄明
經文的世界

誰先我們
經驗並留下
啟示

靈光
於經籍　頌禱於
天地間
而光是時間
飛逝的靈昇起
雲叢是祂的羽翼

寫壞的詩

附錄

海洋奏鳴曲

（小詩選）

基礎生活 I

十年
你回來找我，使我年輕了十歲

生活
生吃活人

客觀意識
斑馬行走在斑馬線上

詩人
在修辭家面前，小孩是詩人

太陽
上帝的喉結

經痛

誦經超渡生靈的悲痛

愛斯基摩

觀看雪的眼色一如我們領略神祇：日常、敬謹、繁麗……

夜

太陽的另一種內在

暗房

最後的顯影——上帝

基礎生活 II

夢想

我們走在迷人的路
竟此成為迷路的人

愛河

我已經跳下去了，
你怎麼還在堤岸？

挫折

企鵝滑倒
在自己的雪地上

故事

把河捲起來
河流成了鐵軌……

蜘蛛

我們織網等候獵物
生命從此置身網羅

二律背反

書架上兩百本詩集
將近一半是詩人寫的

忘年

秋天的老虎俯臥
我們的肩膀閃閃發亮

日子

有時候我也感到深沉
像在黃昏堤岸叼著落日的人

星星

這裏距離夜的牧場很遠，走吧
我們上山去看掛滿天空的牛鈴

安慰

白晝黑夜
星星都在那裏

動物感傷

攤開自己
自暴自棄的貝類

神

那天，我和神打架，祂輸了
我活著，殘毀的世界是我的

孤獨

企鵝第一次覺得冷
當發現自己成了棄兒

隱喻

夜深了，
太陽還醒著嗎？

基礎生活 III

記憶
你變瘦了
像一張薄薄的紙
把我割傷

如此
人生如泥，終究我們
時而流水時而石頭地
活著

遺忘的話
把你對我說過的話
寫在黑板上
流成模糊的河

塗鴉

我們的愛情總是雨天
你在小雨傘的左邊
我在你的右邊

相機

有些人帶單眼
拍攝美景
有些人帶雙眼

懷舊

離鄉時我背走一口井
你試圖輕淡地說
帶有古典的幽默

貓城河畔
男人彈奏自己
一座自製木吉他
一瞬通電的大河灣

舊物
孩子大了
送給有需要的人
請自取

熬湯
歲月如此肥美
苦難是骨幹
熬過即是好湯

溫柔

星星很餓
一直吃
宇宙的心事

基礎生活 IV

靜物

我想像你
如一幅靜物畫
刷筆俐落飽滿
果肉與水

圓夢

稜角分明的夢
成年後胖得圓鼓鼓
大家都說好可愛
卻不覺悲從中來

抉擇

此次離去是命運
還是機會？

攤開錯綜的掌紋
甚至不見鬼牌

離騷

滿街女子春光裏
揮灑烈愛晾腋毛
隔壁的詩人屋宅
充滿曠野的味道

祕密

光著腳走
在光之上
那是生命
最純潔的祕密

在一座沒有魂的城市

我祇想坐在
非人造風景中

安安靜靜地
圓寂一碗雲吞

生命

枯葉刮過
路面的聲響

重新召喚
曾在的一切

國立東華大學創作與英語文學研究所

《海的孩子》

畢業作品序

中華民國一〇〇年・六月

指導教授：曾珍珍

你是洶湧的海浪……

●誕生協奏曲

孩子誕生了，我現在要為他們寫篇序，這是我的第一次，比生孩子還難。

孩子是自己的，然而他們各自獨立，接受外人的擁抱或批評。

孩子，終究是父母所生，無論外觀或偏好，個性與天賦，都遺傳自父母的基因。

我有那麼多孩子，他們都顯現了我的一部分。

未來的孩子還在體內，我的任何改變都會影響孩子的誕生。

孩子，你們有些是神的孩子，而我無從確知。

孩子，你們誕生的過程不盡相同，懷孕時間有長有短，然而都賜予我極大的愉悅，存在的能量。

孩子，有些時刻我也感到痛苦與惶惑，而你們在我體內靜悄成長，誕生，引領我看見幽微或巨大的答案。甚或祇是安慰，都指向光亮。

孩子，無論你是寶寶，或當你老了，終究是我的孩子。
孩子，我也是很多人的孩子，至今仍能感受他們的生命。
孩子，祈願你健康，活得比我長。

● 邀遊

孩子準備出遊，意謂著我終於安心讓他出門。
而今有一群孩子同時出發，於是我將他們依據性質分別聚集，試著談談我如何將他們歸類，以建立外人對他們的初步認識。
以下僅是概述，倘若你願意，我想邀請你與孩子們一同出遊，再返回這裏……

> **Fundamental accuracy of statement is the one sole morality of writing.**
> **——— Ezra Pound**

輯一，收錄篇幅短小的作品。主要試圖透過精簡的詩行，完整表達一個意象，情境。如何以適當的容器及方式呈現或表達，亦是創作上的重要課題。容器是揀擇的形式，觸角與面向仍能多元。

> **Painting is mute poetry, poetry a speaking picture.**
>
> **——— Plutarch**

輯二，收錄的作品為讀畫詩（ekphrasis poetry）。Ekphrasis 原意為「說出來」，在文學形式中可泛指以文字修辭描寫一件藝術品——如觀看繪畫、雕塑、電影等後進行的文字創作。此輯挑選一些我所喜愛，且合以詩歌語言創作的繪畫為對象。於過程中發現，讀畫詩並非畫作的文字再現，而是藝術隱潛的對話與探索；讀畫詩需有自我的生命內涵，且能融匯兩種創作形態，使畫面與聲音同時兼備。

> **Oft I have made poetry in her arms**
> **My fingers softly tapping out hexameters**
> **Along her back.**
>
> **——— Johann Wolfgang von Goethe**

輯三，抒情詩。凡開始寫詩的人，不為甚麼，祇為抒情。誰不曾於徬徨少年時，神祕地觸及難以言喻的詩意經驗；爾後有人持續追尋，透過各種藝術途徑，生活方式，或者——開始寫詩。誰不是透過抒情喚醒自己的繆思？閱歷的增長，會吟詠出不同的抒情音律。然而，有一些或可謂清亮，淨純，義無反顧的事物，往往隨著年紀蒙塵，甚或遺落。一首抒情詩的完成，聯結的是私密性與普遍性。趁年輕，留住明澈的靈魂，壓印靜美的花叢。

> 「你在寫詩嗎？」閃電來到身邊
> 「——我在塑造人的五官。」
> 「第一筆是眼睛。」有光
> 自某處出現。然後雷聲
> 隆隆。「耳朵來了。」
>
> ——零雨

輯四，論詩，愛與死亡，創作上的重要主題。近年的閱讀經驗時而不免感到憂慮，若然並非出自誠摯的精巧修辭，抑或雖誠摯而用語不甚準確，分別能夠傳遞甚麼？後者於日常中更為普遍，紛亂的語法甚至沉默偶能讓人探及真實，視乎聆聽者如何接收。然而尤以前者更為魅惑，穎慧的寫作者創造了極有效的語境與聯繫，透過修辭混淆了——甚難辨明的真實與虛妄。詩沒有明晰的形貌，我們如何感受她，抵達她？曾經一

度以為素樸的語言最接近詩歌，隨而逐漸發現聲音與修辭，如同橋樑引領我們，抵達或接近其核心。抵達與否至關重要，其餘僅是過程與方法。惟有寫作者不斷自問，方可能將確切感知的真實傳達出來。詩歌作為文類之一，如何反映社會層面，歷來多有談論，輯中部分詩作，期藉由幽默與諷諭，將觀察現象於詩中呈現。

It must be visible, or invisible,
Invisible or visible or both:
A seeing and unseeing in the eye.
——Wallace Stevens

輯五，可視為對上一輯的部分回應，以及所有主題的涵概。一切原型——萬物的奧義。艾略特曾言，詩歌的聚合除了經過深思熟慮形成之外，有時是腦中捕捉與貯存的無數感受、語辭、意象，在潛意識裏醞釀著，等待相關成分結合為一個新的化合物之時機臨到，以催化鎔鑄成詩。過了二十五歲，我才漸漸領會，且還在思索。我以為，最好的詩都是論詩詩（ars poetica）。造物者賜予我們祂最偉大的發明之一，我們如何以目光去創造獨特的視界，去發現可見與不可見的宇宙，是每個人最終沉眠前不斷探詢的。

水停以鑒，火靜而朗

——劉勰

文字穿越馬路
恰似一隊孤兒
從兒童院走出
人人都緊緊拽住
前面那位的衣衫
惟恐
彼此丟失

——Ana Blandiana

……我能說的終究未及作品本身的十分之一。

已在旅途上的孩子，擁有自己的形貌特徵，聲音頻率。

我不曉得這些孩子會走到哪裏，經歷甚麼；哪些走在近旁，哪些善於遠行。

沿途你若遇見，不妨親近他，用你的聲音呼喚他。

孩子出遊了，期望他們能找到自己的靈魂伴侶。

● Journey: Blue would still be blue

在航往下一座未知的城市之前，稍作幾個回顧。儘管收錄約三年來的作品，然而詩的背後潛匿十年來的蹤跡：

二〇〇一年九月九日，我與一群朋友來到臺灣。此前，我成長於一座名為檳榔嶼（檳城）——Penang Island，以華裔為多數人口的小島。我居住碼頭附近的其中一座姓氏橋，那是兩個世紀前華人南來最早的聚落，房子是搭蓋在海上的木屋。首府喬治市於前些年列為世界文化遺產，而檳城亦是國內的第二大城，各地遊客紛紛前來姓氏橋，找尋他們最浪漫的生活想像。居民們自然不感到特別，每天我傾聽著海浪潮起潮退，逐日長大。家鄉的雨，經常讓人措手不及，突然一陣豪雨猛降，且多伴隨雷聲與閃電。待你濕淋淋地穿上雨衣後，未幾又放晴；或者，無日無夜不停地下，下得使人發愁。少年時，我喜歡騎車遇見太陽雨的時刻。無論走到哪裏，都很容易看見海，熱帶國度的白色沙灘。來臺後數年，我們家從姓氏橋遷至現代大樓，然而每年寒暑假若有回去，我都會去老家看看，探望那幾座年邁的橋，聽海風吹拂記憶的聲音。從出生到十九歲離家——海洋孕育了我，我是在海上長大的孩子。

中學時期，不管是在書籍或電視上，臺灣成了我最熟識的異地，可以唸出好幾個作家與地名，漸漸產生了嚮往。畢業後，我在一家西餐廳兼愛爾蘭酒吧工作一年，籌措學費以來臺就學。記得剛下飛機時，吸下一口九月秋天的空氣，確有異國的風味。想著自己終於要在這裏生活，心中滿懷雀躍與感動。接待我們的是一群早幾年來臺的學長姐，在以前資訊不甚便捷之時，稍有經驗的學長姐能提供新生不少生活上的協助，於是形成了各地同學會。那時候，我們才知道原來檳城同學會，有個貼切而美麗的名稱：海的孩子。

隨後，我們在林口展開一年的大學先修班生活。在那裏，全世界的華裔學生被統稱為散居各地的「歸國僑胞」，朝會時要唱國歌與國旗歌，修讀三民主義等等，種種新奇的經驗令人發噱。而這莫名被冠以的離散象徵身分，雖有其歷史淵源，一般人卻不會細察名稱與時移事遷的錯置，繼續沿用至今。外籍學生的招收各國皆有，然而林口校園特殊之處，在於聚集所有華裔生，實行住校生活。那一年，除了唸書以外，也讓我們見識許多各地民情。整體而言極單調的校園生活，經常激發我們的創意與瘋狂，尤其多次與友人宵禁後溜出宿舍夜遊歷險，大概是我最緬懷的時光了。一年後，大家依據成績選填大學志願，分離於島嶼各地。

大部分人還是選填臺北的學校。我也覺得臺北不錯，成績也有機會就讀知名的國立大學，然而遲遲未決。繳交志願卡的前幾天，我到輔導室瀏覽各校的招生簡介，湊巧讓我知道臺灣竟有一所大學是「擁有」海灘的！在林口臺地那一年，天曉得我才出外看了幾次海，悶得快慌了。稍微詢問老師的意見後，我很快便填好志願卡。於是，一年後的九月九日，我來到高雄的國立中山大學。

幸好我沒有到臺北——噢，我愛高雄！待在西子灣的日子，每天都是海、海、海。雖然往後我也到過臺灣一些地方，然而西子灣的夕陽無疑是最美的，或許因為常年在那裏生活吧，輕易就能體會黃昏的魔幻時刻，還發現幾處觀賞的好地點。推窗就是一片海，甚至不必推窗，洶湧的浪濤澎湃而來……特別是在颱風天，從遠處觀浪尤其激情！還有大概除了西子灣學生與柴山居民外，甚少人看過的——凌晨時分偶爾灑落的月光海，那是月光女神不小心飄墜海面的絲綢裙襬。對於曾經深夜跑到柴山，佇立懸崖邊凝望月光海的人，則任何修辭都是多餘的。如此環境，之於創作者，大自然確是最好的導師。那幾年，我認識了幾位學長，不定期參與約莫三五人的讀詩會。我深深感念那一段可謂是——詩的啟蒙的美好時光，他們帶領我閱讀很多中外詩作。此後日子裏，我幾乎再也找不到如此坦直而謙遜，意見深刻且品味良好的論詩友伴。

一

大三時，聽聞臺灣有一所華人世界首創的文學創作研究所，原計劃大學畢業後即工作的我，開始思索自己是否適合與喜愛創作。爾後決定給自己一個機會，多留校一年工讀，籌措考試費用與可能的研究所學費。知道的人不多，每當有人問起何時離開高雄，我總笑著說，等捷運蓋好吧。那陣子，正是高雄邁向與臺北近似的現代都市，轉型關鍵的一二年。好多熟悉的街景都被拆除，換上看似優美實則缺乏個性的設計。不間斷的工程讓人焦躁。而不管研究所應試結果如何，我還是會離開那裏。我喜歡高雄，因為她是一座仍然保留許多直爽民情與傳統建築的城市，更重要的是，食物比起臺灣各地真的好吃，這些都與檳城相像。我時常覺得，食物就像詩歌，詳究菜單意義甚微，直接享用——你的生理反應會告訴你一切。如今的高雄已經轉變很多，城市發展並非不好，幸而我這兩年回去，發現高雄人仍有鮮明的性格。惟是地下穿梭的華麗冰冷巨獸，與高雄的樸素，熱切，草莽氣息相比，委實唐突怪異。五年的高雄生活，至今仍是我理想的工作地點。約莫大三下，我偶然得知一句西方片語：pie in the sky，多用以形容難以實現，虛幻的事物，猶如海市蜃樓，然而亦可作為夢想的意思。捷運終於蓋好了，在它還沒運行前，我收拾好多年行李與高雄的記憶地圖，搭乘五個多小時的火車，往南向東繞過島嶼大半，沿線是壯闊的太平洋，浪濤一陣陣不斷拍擊著思緒。然後……

——列車停靠花東縱谷，壽豐鄉志學村。入住宿舍的日期，仍是九月九日。對於健忘的人，命運自有其能喚醒記憶的方法。我來到太魯閣與七星潭所在的東海岸，學校位於偏遠的村落，是臺灣自然生態最豐富的校園，有天然的湖泊。曾經幾回清晨五時許在校園漫步，發現天空與山嶺最明澈的時刻，霧氣降得低低地，誘發我深深吸了幾口氣，蟲鳥的鳴叫讓人充滿生之喜悅，內心澄淨無比，我想那是村落一日最有靈氣之時。廣闊的校園大多時候極為幽靜，終日踡臥環繞四周的山嵐。餐廳與商店集中於後門的志學街，雖然地圖標示的名稱是中山路，然而多年來大家俗稱志學街，以為那才是真正的名字，因其是此村最熱鬧，可能也是花蓮縣境內最富有生氣的小街。惟有在寒暑假時，才恢復偏遠村落的風情。

二〇〇九年暑假，因併校緣故，志學街進行道路拓寬工程，學校闢除多處林地以興建教學大樓，寧靜村落開始處於躁動狀態，人們對於未來更繁盛與紛擾的景象抱持種種想像。從那時候起，我就甚少看見環頸雉，少數我認得的美麗動物。此刻 Google 地圖的志學村街景，時間凝滯於那年暑假，我仍能看見在校園代步的腳踏車，靜立於宿舍前的停車場，如記憶導航的衛星定位。祇是，不曉得下次的街景更新會是何時，我會從世界何處連線，觀看多蓋了幾座建築物的校園，店家汰換率甚高的志學街又有幾家是我所熟悉的？創作與英語文學研究所，因種種緣故，亦結束於那年暑假，美好的十年。幾位師長無疑開拓了我創作的視野，對於他們懇切的分享與提點，以及我有幸參與其間，在在使我深為感激。甚麼東西是不會改變的呢？所有偶然的因素促成必然的結果。事情常是這樣，許多記憶與細節終究被吞沒在時間的伏流裏。

而我，寫完這部作品集後會多待幾個月，走走看看，然後離開臺灣，返回家鄉小島，或航向下一座未知的城。何其幸運的是，我就讀兩所島上最漂亮，自然景觀最引人的大學，渡過無數值得回憶一輩子的日子，在我青年時期最輝煌的十年。福爾摩沙臺灣，已是會勾起我鄉愁的另一個家鄉了。十年，大好時光的十年哪！人生幾何……

十年，二十年……多少年後的我，重讀這篇序，這些詩作，是否依然記得當初坐於桌前寫下凡此種種的心緒？那些令青年的我心頭發熱的舊日所有。昨夜西風凋碧樹……驀然回首，那人卻在燈火闌珊處。

過往一切在思緒翻湧，倏忽都成了最遙遠的距離。年近三十，情感的節制讓自己不輕易落淚，然而往往一句話便足以潰堤。將睡未睡之際，我隱約聽見孟克柔在我耳畔輕語：

——其實根本就沒有志學街對不對？

再會啦。

二〇一一年・五月

詩歌大語言內植入時，形式多元，無論抒情，哲理，社會關懷，美學省思，多樣化的構想4匠心獨運，淨見底作潛耕。

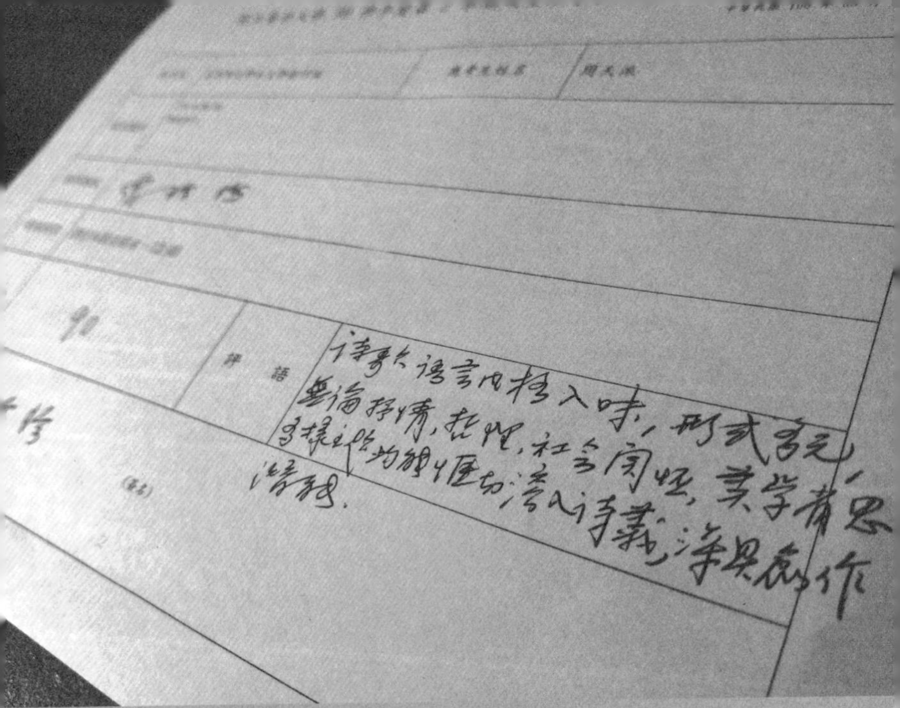

曾珍珍師，2011 年

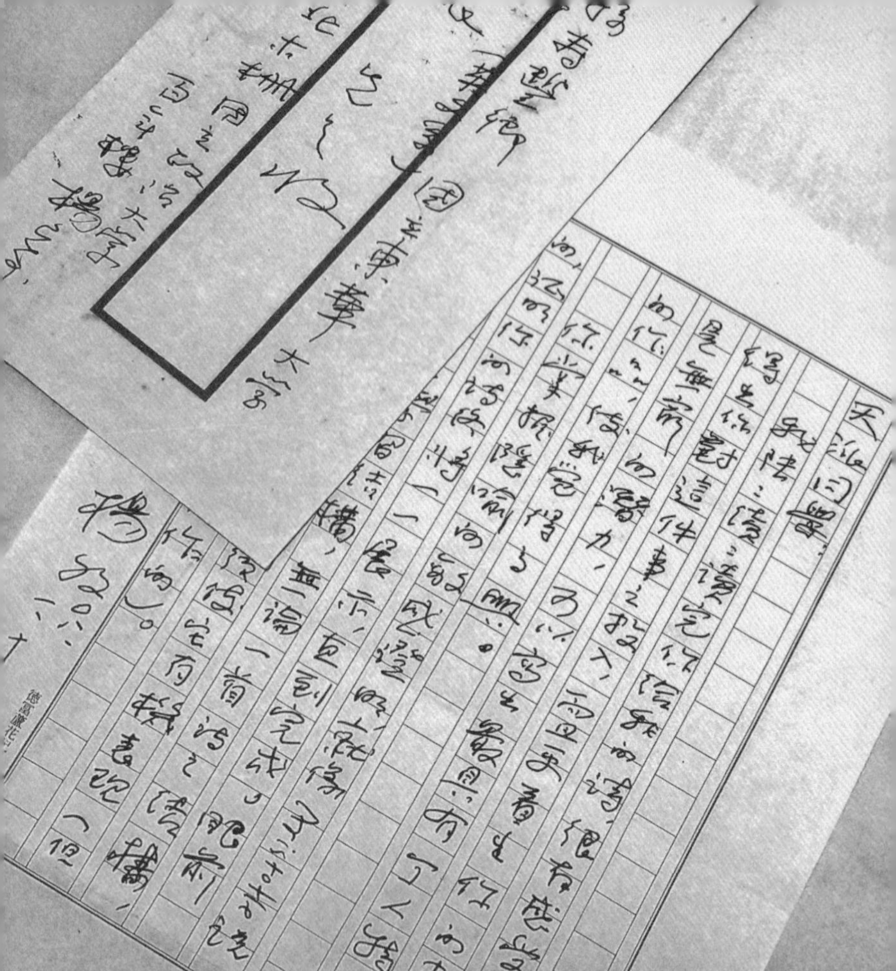

楊牧師，2008 年

為甚麼觀察題目餘味無窮，
餘韻好，詩是要有見人見人，
富味，好詩是要懂得……
好詩，要懂得枕衣如那……
以校義，又怎能了，如密說在……
詩藝某創的公式，每一枕衣被裁成，枕又被……
顧底某些把詩分解，不能寫鶴好在……
但是詩是很難把它給成形，不喻能未眠好在
一但是詩要難了差的，但是……

100本

管管師，2020 年

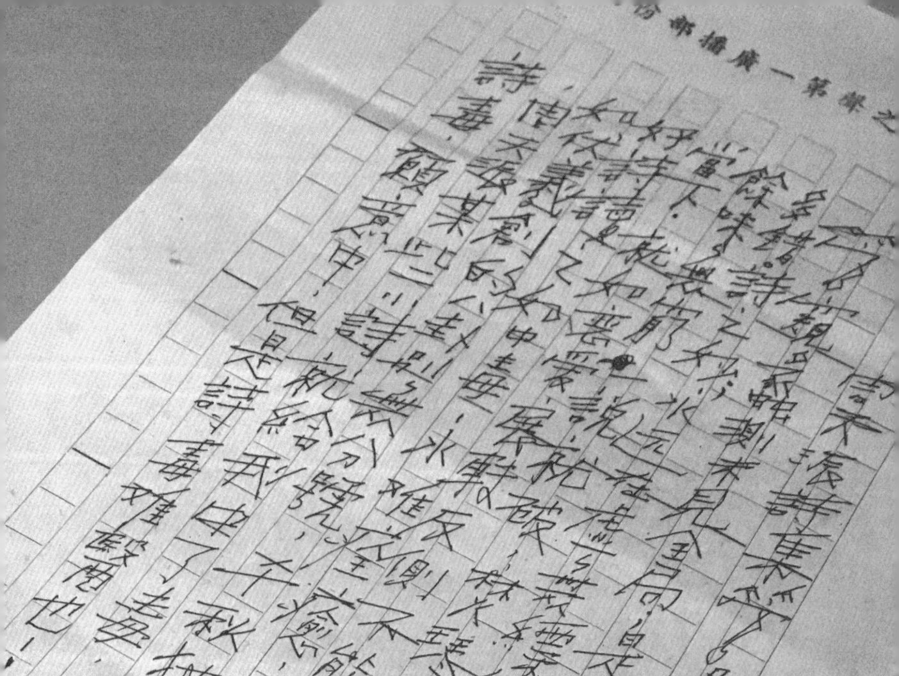

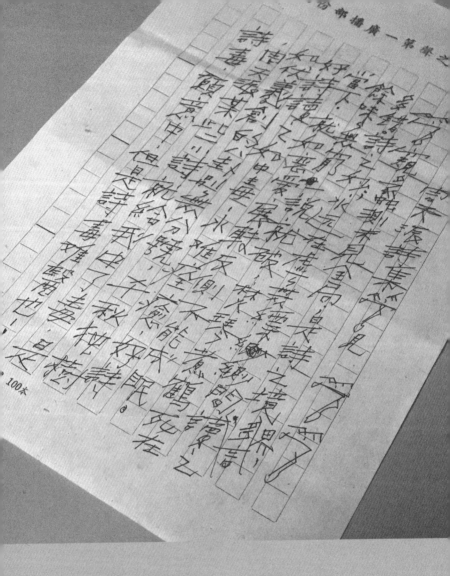

創作年表

二〇〇六

基礎詩歌・三月
倘若・十一月
我正穿過的世界・十一月

二〇〇七

狗日子・十月
蘋果眼・十月

二〇〇八

島嶼生活・五月
沿途・十月
風景・十二月
巨大的房間・十二月

二〇〇九

偏執。・三月
風・三月
你和C・四月
週六下午・十月
橋・十一月
事情常是這樣・十二月

二〇一〇

海的孩子・二月
寫作・三月
沒有甚麼是值得討論的・七月
經驗・十月
七月午後，奧維爾・十一月
永不・十一月
步履・十一月
所有陰影都是一道謎語・十一月
致夏卡爾與蓓拉・十一月
每一座城都有過去戀人的身影・十一月
舊識・十一月
歲月的友善・十一月

二〇一一

我聽見果實・四月
我們每天梳頭・四月
逆光・四月
不顧一切的睡眠者・四月
繆思・四月
懷疑・五月
醫院・五月
悖論・五月
奧義・五月
牧神・七月
野獸派・十二月

二〇一二

似乎就懂得昨天了・六月
疑問集・八月

二〇一三

相信・四月
經過・四月
失聰・四月
被共產主義・六月
往事・六月
六月，未完・六月
如果在路上……・六月
變態彌勒・七月
秩序・七月
回來過・七月
這麼遠，那麼近・十一月

二〇一四

西風的話・三月
歷史作業・三月
父後・六月
靈魂很重的人・六月

二〇一五

月・一月
獨處・二月

二〇一六

車過墓園・四月
日曬・七月
時日・八月

二〇一八

沙發・二月
古典早晨・二月
京都初夏・六月
海來了，愛情還會遠嗎・六月
觀看愛情的十三種方式・九月
很久沒寫詩給你了・九月

二〇一九

今天沒有甚麼不同・一月

麥田文學 314

島嶼派

國家圖書館出版品預行編目 (CIP) 資料

島嶼派 / 周天派作 . -- 初版 . -- 臺北市 : 麥田，
城邦文化出版 : 家庭傳媒城邦分公司發行，2020.05
面； 公分 . --（麥田文學；314）
ISBN 978-986-344-754-2（平裝）
863.51 109002369

作　　者　周天派
插　　畫　Skypie
版　　權　吳玲緯
行　　銷　巫維珍　蘇莞婷　何維民
業　　務　李再星　陳紫晴　陳美燕　馮逸華
副總編輯　林秀梅
編輯總監　劉麗真
總 經 理　陳逸瑛
發 行 人　涂玉雲
出　　版　麥田出版
城邦文化事業股份有限公司
104 台北市民生東路二段 141 號 5 樓
電話：886-2-25007696　傳真：886-2-25001967

城邦讀書花園
www.cite.com.tw

發　　行　英屬蓋曼群島商家庭傳媒股份有限公司城邦分公司
104 台北市民生東路二段 141 號 11 樓
書虫客服服務專線：886-2-25007718．25007719
24 小時傳真服務：886-2-25001990．25001991
服務時間：週一至週五 09:30-12:00．13:30-17:00
郵撥帳號：19863813　戶名：書虫股份有限公司
讀者服務信箱：service@readingclub.com.tw
麥田部落格：http://ryefield.pixnet.net/blog
麥田出版 Facebook：https://www.facebook.com/RyeField.Cite/
香港發行所　城邦（香港）出版集團有限公司
香港灣仔駱克道 193 號東超商業中心 1/F
電話：852-25086231　傳真：852-25789337
馬新發行所　城邦（馬新）出版集團 Cite (M) Sdn Bhd.
41-3, Jalan Radin Anum, Bandar Baru Sri Petaling,
57000 Kuala Lumpur, Malaysia.
電話：603-90563833　傳真：603-90576622
E-mail：services@cite.my

印　　刷　前進彩藝有限公司
設　　計　Mirrwork
初版一刷　2020 年 6 月
定　　價　380 元
I S B N　978-986-344-754-2